Gustav Karsten

Der große norddeutsche Kanal zwischen Ostsee und Nordsee

Antigonos

Gustav Karsten

Der große norddeutsche Kanal zwischen Ostsee und Nordsee

Unveränderter Nachdruck der Originalausgabe von 1864.

1. Auflage 2024 | ISBN: 978-3-38614-174-1

Antigonos Verlag ist ein Imprint der Outlook Verlagsgesellschaft mbH.

Verlag: Outlook Verlag GmbH, Zeilweg 44, 60439 Frankfurt, Deutschland, info@outlook-verlag.de
Vertretungsberechtigt: E. Roepke, Zeilweg 44, 60439 Frankfurt, Deutschland
Druck: Libri Plureos GmbH, Friedensallee 273, 22763 Hamburg, Deutschland

Der grosse

Norddeutsche Kanal

zwischen

Ostsee und Nordsee.

Eine Zusammenstellung der verschiedenen Kanalprojecte.

Mit einer Karte der cimbrischen Halbinsel, einer Uebersichtskarte der
Ost- und Nordsee, zwei Kanalprofilen und einem Plane des Kieler Hafens.

Kiel.
Schwers'sche Buchhandlung.
1864.

Der grosse

Norddeutsche Kanal

zwischen

Ostsee und Nordsee.

Eine Zusammenstellung der verschiedenen Kanalprojecte.

Mit einer Karte der cimbrischen Halbinsel, einer Uebersichtskarte der Ost- und Nordsee, zwei Kanalprofilen und einem Plane des Kieler Hafens.

Kiel. 1864.

Schwers'sche Buchhandlung.

Der grosse norddeutsche Kanal zwischen Ostsee und Nordsee.

I.

Wenn die Herzogthümer Schleswig und Holstein sich mit Recht darüber beklagen, dass sie unter dem dänischen Regimente eine im Verhältniss zum Königreiche Dänemark und diesem zum Vortheil viel zu hohe Steuerlast tragen mussten, so bildet dies nur einen Factor in der Ziffer der schweren Nachtheile, welche ihnen die Fremdherrschaft zufügte.

Als reich gesegnete Länder werden die Herzogthümer die grossen ihnen verloren gegangenen Geldmittel nach einiger Zeit verschmerzt haben. Viel schwerer werden die Folgen der systematischen Vernachlässigung zu beseitigen sein, durch welche die geistige und materielle Entwicklung der Herzogthümer zurückgehalten wurde, namentlich seit im Königreiche an die Stelle des absoluten Regimentes die Herrschaft des Volkes trat, welches unablässig bemüht war, die dänische Raçe auch in den Herzogthümern zur dominirenden zu machen. Für wichtige Klassen des Beamtenstandes fehlt seit 15 Jahren den Herzogthümern eine tüchtige Vorschule, indem die Oberleitung vieler Verwaltungszweige ganz in dänischen Händen war. Alle Bildungsinstitute für Landheer und Marine, alle Materialwerkstätten, Depots u. s. w. waren in Dänemark. Die Gründung industrieller und landwirthschaftlicher Lehranstalten in den Herzogthümern wurde nicht nur nicht befördert, sondern sogar in solchen Fällen verhindert, wo aus privaten Mitteln derartige Institute geschaffen werden sollten. Alles dies geschah zu einem Zwecke: die Herzogthümer wehrlos, unselbständig, wirthschaftlich abhängig von Dänemark zu machen und namentlich jede Entwickelung zu hindern, welche die rechtliche und naturgemässe Zusammengehörigkeit der Herzogthümer untereinander und mit Deutschland fördern konnte.

Einer Idee, welche, zur Ausführung gebracht, den Herzogthümern unermessliche Vortheile zugeführt haben würde, vermochte die dänische Regierung auch in neuerer Zeit sich nicht völlig zu entziehen.

Es ist dies die Idee eines grossen, den Anforderungen des Welthandels genügenden Schifffahrtskanales zwischen Nordsee und Ostsee.

Anstatt aber diesen Gedanken, wie es allein geschehen durfte, im grossartigen Sinne aufzufassen, hat die dänische Regierung nur materielle Vortheile daraus ziehen, nur politisches Capital damit machen wollen. Die Bedingungen, welche sie für ihre Concessionsertheilung stellte, erhöhten unendlich die technischen Schwierigkeiten der Ausführung nur zu dem Zwecke, um den Kanal ganz in die Gewalt zu bekommen, vielleicht sich einen später unlösbaren neuen Sundzoll herzustellen und um womöglich durch die verlangte Anerkennung der Neutralität des Kanalgebietes sich eine neue, das Recht Holsteins verletzende Garantie der grossen Mächte zu verschaffen und somit dieses Land an Dänemark zu fesseln.

Unter solchen Verhältnissen war an das Zustandekommen des Kanalprojectes nicht zu denken, vielmehr kann das scheinbare Eingehen der dänischen Regierung, wobei sie gleichzeitig nahezu unerfüllbare Bedingungen machte, wohl richtiger dahin ausgelegt werden, dass sie ein Unternehmen zu hintertreiben wünschte, welches durch die Förderung der deutschen Machtentwicklung ihrer eigenen Herrschaft gefährlich zu werden drohte.

Es ist bekannt, dass der Plan, einen grossen Schifffahrtskanal zwischen Nord- und Ostsee herzustellen, ein alter ist. Früher gedachte man durch ein solches Werk nur verhältnissmässig untergeordneten merkantilen Interessen zu dienen. Mit dem Wiedererwachen des deutschen Nationalgefühls erweiterte sich der Gesichtskreis, es wurde eine Lieblingsidee, welche hier zu Lande eifrig gefördert ward, den zu erbauenden Kanal sowohl für den Weltverkehr einzurichten, als besonders durch ihn eine Wasserstrasse zu gewinnen, welche für die Entwickelung der deutschen Kriegstüchtigkeit zur See unerlässlich ist.

Die Jahre des nationalen Aufschwunges gingen dahin, ohne dass irgend etwas in dieser wichtigen deutschen Angelegenheit festgestellt wurde: mit der Befestigung der dänischen Herrschaft ging die Hoffnung verloren, dass, wenn überhaupt ein Kanal gebaut würde, dies in einer für Deutschland erspriesslichen Weise geschehen könne. Die deutsch-nationale Angelegenheit sank wieder zu einer mercantilen Frage herab.

Jetzt ist nach langen Jahren des Harrens wieder die Zeit gekommen, die Sache im grossen Sinne aufzunehmen. Wir dürfen es nicht bezweifeln, dass die preussische Regierung, in vollster Würdigung derselben, Vorarbeiten zu machen anordnete. Darum wird es auch angemessen sein, jetzt die in früheren Jahren vielfach besprochenen, sehr mannigfaltigen Vorschläge wieder ans Licht zu ziehen, die Bedeutung des projectirten Kanals nach allen Seiten hin, besonders aber nach der Seite eines deutsch-nationalen Unternehmens kurz zu schildern und das Für und Wider bei den einzelnen Projecten, so weit dies in einer gemeinfasslichen Darstellung und ohne in technische Einzelheiten einzugehen möglich ist, zu erörtern.

Drei grosse materielle Fragen sind es, welche die Herzogthümer auf Deutschland, und in Deutschland wieder besonders auf Preussen anweisen, wie in ihnen umgekehrt die Nothwendigkeit für Deutschland und vorzüglich Preussen liegt, die Herzogthümern ihren Rechten gemäss völlig aus der Gemeinschaft mit Dänemark zu lösen. Diese drei Fragen sind: 1) die Herstellung der Wehrhaftigkeit der Herzogthümer zu Lande und zur See, d. h. zugleich die Kräftigung Deutschlands und Preussens an der verwundbarsten Stelle im Nordwesten und die Begründung einer deutschen und preussischen, achtunggebietenden Seestärke. 2) Der handelspolitische Anschluss der Herzogthümer an den deutschen Zollverein unter näher festzustellenden Bedingungen. 3) Der grosse Schifffahrtskanal, in welchem gewissermaassen concentrirt die beiden ersten Punkte enthalten sind; denn die maritime Entwickelung Deutschlands, besonders Preussens und der Herzogthümer, sowohl für Kriegs- als für Friedenszwecke hängt auf das genaueste mit der Durchführung des Kanalprojectes zusammen.

Die Sicherung und Stärkung von Deutschlands Macht fordert ebenso wie das Interesse des Handels den grossen norddeutschen Kanal zwischen Ostsee und Nordsee.

II.

Indem wir in Folgendem prüfen wollen, welches der bekannt gewordenen Projecte des norddeutschen Kanals vorzugsweise Beachtung verdient, werden wir uns zunächst über den Maassstab zu erklären haben, den wir in der Kritik der verschiedenen Projecte anwenden wollen, wir werden uns über die Gesichtspunkte verständigen müssen, welche unserer Meinung nach bei der Beurtheilung des Werthes eines solchen Projectes in Betracht kommen.

Die beste Linie für den Kanal würde offenbar diejenige sein, welche

1) den allgemeinen Handelsinteressen am vollständigsten entspricht, 2) die günstigsten Bedingungen für die Herstellung von Kriegshäfen und Marineetablissements, oder doch für die Benutzung der in beiden Meeren einzurichtenden Kriegshäfen gewährt. 3) Die geringsten technischen Schwierigkeiten in der Ausführung und Unterhaltung darbietet, also mit den geringsten Kosten ausführbar ist. — Diese drei Bedingungen, welche die beste Kanallinie bestimmen, widersprechen aber bei den gegebenen natürlichen Verhältnissen einander insofern, als der beste Plan für die eine Bedingung nicht gleichzeitig der beste für die andere ist.

Es wird daher bei der schliesslichen Wahl für eine bestimmte Linie wesentlich auf das Gewicht ankommen, welches man auf die eine oder andere Bedingung legt, d. h. man wird die für den Handel zu erwartenden Vortheile, die militairische Bedeutsamkeit und die technischen Schwierigkeiten, oder die Kosten des Unternehmens gegen einander abzuwägen haben. Je nachdem man die Handelsinteressen oder die Machtinteressen betont, je nachdem man mehr auf Rentabilität des Unternehmens oder auf seine politische Bedeutung Werth legt, wird die eine oder andere Linie bevorzugt werden können. Wenn nun auch die Feststellung der Linie von den Resultaten genauer technischer Untersuchungen, die grösstentheils erst noch angestellt werden sollen, abhängt, so wird man doch bei einer etwas bestimmten Fassung der Forderungen, welche an die Beschaffenheit des Kanals durch die Handels- und durch die militairischen Interessen gemacht werden, eine Anzahl der in Vorschlag gebrachten Linien von vornherein ausscheiden können, so dass alsdann nur noch zwischen einigen Linien, je nach dem Ausfall der vorzunehmenden Untersuchungen zu wählen sein würde.

Wir fassen nun die wichtigsten Forderungen für die gedachten Gesichtspunkte in folgenden Sätzen zusammen.

A. Forderungen für die Handelsinteressen.

1. Sichere Zugänglichkeit für die Endpunkte des Kanals, mithin Lage derselben an möglichst freiem Fahrwasser, welches möglichst lange im Jahre offen ist.

2. Sichere Häfen und Rheden an den Endpunkten.

3. Ausreichende Tiefe des Kanals auch für die grössten im Handel verwendeten Schiffe.

4. Ausreichende Speisung des Kanals, um den gesteigertsten Schifffahrtsverkehr durchführen zu können.

5. Gute Belegenheit für Etablissements zu Schiffsreparaturen, zu Handelsdepots u. s. w.

6. Angemessene Richtung des Kanals, nicht nur um die Länge des Seeweges abzukürzen, sondern auch um bei etwa gleicher Länge mit einer anderen Richtung die gefährlichen Punkte für die Seeschifffahrt zu vermeiden.

7. Möglichst billige Herstellung, um die Kosten der zu erhebenden Kanalabgaben zu ermässigen.

8. Sicherung des Unternehmens durch Stellung desselben unter Staatsaufsicht.

B. Forderungen für die militairischen Interessen.

1. bis 5. wie unter A. mit Berücksichtigung, dass diese Bedingungen auch für Kriegsschiffe, statt nur für Handelsschiffe gelten.

6. Geeignete Beschaffenheit der beiden Endigungen des Kanals, um militairisch vollkommen zu sichernde, ausreichend geräumige Kriegshäfen und die damit zu verbindenden Marineetablissements, wie Docks, Werften, Magazine etc. anlegen zu können.

7. Ueber die Kosten entscheidet nicht der allein für den Kanal zu machende Aufwand, sondern es sind hierbei auch die für Marinezwecke

erforderlichen Summen in Rechnung zu ziehen. Die Rentabilität des Kanals durch die Handelsschifffahrt kommt also erst in zweiter Linie in Betracht.

8. Sicherung des Kanals und der Marineanlagen durch Militairconvention und Staatsverträge, wodurch der Schutz und die Beaufsichtigung der gesammten Werke einer einheitlichen deutschen Oberleitung anvertraut werden.

Man sieht, dass diese Forderungen zwar theilweise dieselben sind, theilweise aber, je nach dem Gewichte, welches den Handels- oder den Macht-Interessen beigelegt wird, miteinander in Widerspruch gerathen können. Ein vortrefflicher Kriegshafen z. B. an einem Endpunkte könnte vielleicht für den Kanal eine Richtung bedingen, welche dem Handelsverkehr weniger genügt, als eine andere. Oder eine dem Handel besonders zusagende Richtung wird vielleicht auf Endpunkte führen, welche für die militärischen Zwecke ungeeignet sind. Hier wird also bei der Wahl der Richtung der Zweck wesentlich entscheiden.

Bei den für beide Zwecke gleichartigen Forderungen wird dagegen die technische Untersuchung zu entscheiden haben. Diese hat sich theils auf die Endpunkte des Kanals, auf seine künftigen Hafenmündungen zu beziehen, hat festzustellen, ob sicheres Fahrwasser, Geräumigkeit, guter Ankergrund u. s. f. vorhanden sind, oder durch Kunst geschaffen werden können. Theils werden die technischen Schwierigkeiten der Kanalausführung selbst zu untersuchen sein.

Ohne Zweifel wäre ein Kanal ohne Schleusen, ein reiner Durchstich zwischen Nordsee und Ostsee bei weitem der erwünschteste. Bei einem solchen würde die Schwierigkeit der Speisung von Schleusen hinwegfallen, d. h. er würde einer unbegränzten Zunahme der Schifffahrt Genüge leisten können.

Die Figuration des Landes und seine geographische Lage zwischen einem fluthfreien Meere und der Nordsee mit Ebbe und Fluth macht indessen die einfache Lösung der Aufgabe dahin, einen offenen Durchstich zwischen sonst für geeignet gefundenen Punkten, unmöglich. Der periodische Wechsel des Wasserstandes bei Ebbe und Fluth an der Nordsee bedingt jedenfalls eine Abschlussschleuse an der Westmündung des Kanals.

Aber auch der nicht periodische Wechsel der Wasserhöhe in der Ostsee, durch die verschiedenen Windrichtungen veranlasst und je nach der Lage der östlichen Kanalmündungen mehr oder weniger erheblich, dürfte bei einem Durchstiche noch in der Nähe der Ostendigung einen zweiten Schleusenabschluss nothwendig machen.

Es ist ferner möglich, dass grade die Kanalrichtung, in welcher ein Durchstich nach der natürlichen Terrainbeschaffenheit am leichtesten ausführbar wäre, den beabsichtigten Zwecken nicht entspräche. Dann wird die Frage eintreten, ob in einer anderen erwünschteren Richtung ein Durchstich wenn auch mit erheblich grösseren Kosten bewirkt werden kann, oder ob man sich mit der unvollkommeneren Verbindung beider Meere durch einen Kanal mit mehreren Schleusen begnügen soll.

In letzterem Falle würde es am erwünschtesten sein, wenn die zur Hebung der Schiffe nothwendigen Schleusen mit den Abschlussschleusen zusammengelegt werden könnten, damit der Kanal in möglichster Längenausdehnung unbehindert zu befahren und die Durchschleusung allein an den Endpunkten vorzunehmen wäre. Ein solcher Schleusenkanal würde in Beziehung auf ein sehr wichtiges Moment, auf die Zeitersparniss für die Schifffahrt, einem Durchstiche mit blossen Endschleusen nicht erheblich nachstehen.

Endlich möge noch erwähnt sein, dass ein Interesse durchaus keinen Anspruch auf Berücksichtigung machen kann, nämlich das Localinteresse bestimmter Communen oder Gegenden der Herzogthümer. Bei einem Unternehmen von so grosser nationaler Bedeutung müssen derartige Localinteressen als gänzlich untergeordnet betrachtet werden.

Wir gehen nunmehr zu der Besprechung der verschiedenen bekannt gewordenen Projecte über, wobei wir sie nach den im Vorstehenden angedeuteten Gesichtspunkten einer Kritik unterwerfen wollen.

III.

Nehmen wir, von Norden anfangend, die Kanalprojecte der Reihe nach durch, so würden zuerst im Vorbeigehen einige sehr alte Vorschläge zu erwähnen sein, die neuerdings nicht wieder zur Sprache gebracht wurden, wenn sich auch gewiss Manches zu ihrem Gunsten anführen liesse.

1. Ripen-Kolding. Ripen-Hadersleben.

Christian III. soll (s. Terpager Ripae Cimbricae pag. 14.) während seiner Regierung (1533 — 59) beabsichtigt haben, einen Kanal von Ripen aus quer durch Schleswig zu führen und zwar entweder nach Kolding (mit Benutzung der Thäler der Ripenau und Königsau) oder nach Hadersleben. Es ist uns nicht bekannt, ob die Ausführbarkeit dieser Idee jemals näher geprüft worden ist. Als ein hart an der Gränze gelegener, mithin schwer zu schützender Kanal, dessen Mündungen für den grossen Handel ungeeignete Lagen haben und erst ganz und gar zu brauchbaren Häfen für Kriegsschiffe geschaffen werden müssen, ist derselbe heut nicht mehr in Betracht zu ziehen.

2. Ballum-Apenrade.

Christian IV., der sich überhaupt für Schifffahrt und Handel lebhaft interessirte und so auch der Anlage von schiffbaren Kanälen in den Herzogthümern seine Aufmerksamkeit widmete, wollte einen Kanal zwischen Ballum und Apenrade herstellen (s. Casp. Dankwerth newe Landesbeschreibung der zwei Herzogthümer Schleswich und Holstein. 1652 pag. 3). Ein Holländer, Cornelius Claussen Pitael aus Medemblick, hatte ein Project für diesen Kanal vorgelegt, nach welchem derselbe für Schiffe bis zu elf Fuss Tiefgang schiffbar sein sollte. Auch bei diesem Kanale hätte man grösstentheils natürlichen Thalbildungen folgen können und nur auf kurze Strecken ein neues Kanalbett zu graben brauchen. Dies später nicht wieder aufgenommene Project würde auch heut nicht brauchbar sein, weil die Richtung des Kanals weder den Handels- noch den Kriegszwecken genügt, wenn auch nicht zu verkennen ist, dass die Apenrader Bucht, sowohl nach ihrer eigenen Beschaffenheit, als wegen ihres unmittelbaren Zusammenhanges mit der politisch-militärisch wichtigen Position des Alsener Sundes, als Flottenhafen grosse Vorzüge hat.

3. Tondern-Flensburg.

v. Justi schlug 1761 zwei Kanalrichtungen im Herzogthum Schleswig vor (s. v. Justi gesammelte und politische und Finanzschriften Kopenhagen Band II. S. 29). Die eine von Tondern (Hoyer) nach Flensburg, welche später nicht wieder in Betracht gezogen wurde, theils wohl, weil

ihre für die grosse Schifffahrt geeignete Ausführung sehr grosse Schwierigkeiten
darbieten würde, theils weil der Hafen von Hoyer ungenügend ist und endlich
weil die Lage der westlichen Mündung zwischen den Inseln und im gefährlichen Wattgebiete keinen Eingangspunkt für den Welthandel abgiebt, zumal
auch von Flensburg aus wieder in der Ostsee das Gebiet der Inseln die
Schifffahrt mehr erschwert, als dies bei südlicheren Häfen der Fall ist. Für
den Flensburger Busen würde sonst in erhöhtem Maasse das vorher bei
Apenrade Gesagte gelten.

Die zweite von v. Justi vorgeschlagene Linie ist die von Husum nach
Schleswig, welche seitdem mit verschiedenen Abänderungen mehrfach
empfohlen ist. Wir beginnen mit einer etwas ausführlichern Angabe über dieses Project, welches jedenfalls mit in Betracht zu ziehen ist. Am vollständigsten bearbeitet ist dasselbe als der Kanal

4. Husum-Eckernförde*).

4. Husum-Eckernförde.

(Flugblätter: Zur Beleuchtung der Kanal-Linie zwischen Eckernförde
und Husum; von einem Ausschuss-Mitgliede. Schleswig im October 1848.
— Deutsche Flotte. Deutscher Kanal. Schleswig am Tage der Eröffnung
deutschen Nationalversammlung. — Der norddeutsche Kanal zur Verbindung
der Nord- und Ostsee Eckernförde und Husum von dem zur Ermittelung
dieser Linie gebildeten Ausschusse (Clausen, Jansen, Bruhn). Schleswig
1849. IV und 36 S. 4° und zwei Kupfertafeln.)

Die angehängte Karte zeigt sowohl die Richtung des Kanales als ein
Längenprofil desselben nach den Vorschlägen des oben erwähnten Ausschusses.

---

*) Als Modificationen und nicht eben glückliche Modificationen dieses Projectes
würden die Pläne zu betrachten sein, nach denen der Kanal von Husum über Schleswig
durch die ganze Länge der rectificirten und ausgetieften Schlei geführt werden soll.
Hierhin gehörte vielleicht ein uns nicht näher bekanntes, auch wohl ohne technische
Vorarbeiten eingereichtes Concessionsgesuch zu einem Kanal von der Schleimündung
nach Husum [von Bellani (?) und Gad Naples et Elsenoer etwa um 1857]; ebenso eine
ganz neuerdings aufgetauchte ähnliche Idee, welche aber gleichfalls jeder gründlichen
Voruntersuchung ermangelt.

Geht man von der östlichen Mündung aus, so wird von der Mitte des zwei Meilen breiten Eckernförder Hafens, mittelst eines Durchstichs, das Windebyer Noer mit dem Hafen verbunden. In gerader Richtung gegen Westen, über Kochendorf, wird dann mittelst eines zweiten Durchstiches die Verbindung des Noer mit der Schlei hergestellt und das Bett dieser bis nach Bustorf hin durch Dampfbagger vertieft. Bis hierhin ist die Wasserstrasse ohne Schleuse und liegt im Niveau des Ostseespiegels. Von Bustorf an beginnt der künstliche, durch Schleusen bewirkte Wasserspiegel des Kanals und zwar soll hier die Hebung der Schiffe in einer Doppelschleuse sogleich bis zur vollen Höhe des Kanals, 13'—15' rheinl. über der Ostsee stattfinden.

Von Bustorff geht dann der Kanal ohne Unterbrechung durch Schleusen in einer langgestreckten Curve bis Husum, wo er abermals durch eine Doppelschleuse begränzt ist, in welcher die Schiffe 10'—12' bis zum mittleren Nordseespiegel herabgelassen werden. Die Speisung des Kanals zum Ersatz des beim Durchschleusen verloren gehenden Wassers soll durch das zu einem künstlichen See aufgestaute Wasser der Treene bewirkt werden. In dem Projecte war die Kanaltiefe auf 22'—24' angesetzt, die Breite des Kanals in der Soole 50', in der Wasserlinie 128'. Die einzelnen Schleusenkammern sollten 220' Länge und 50' Breite erhalten. Ein Weg zum Ziehen der Schiffe von 12' Kronenbreite sollte den Kanal auf seiner ganzen Länge begleiten.

Das Gebiet zum Sammeln des Speisungswassers, also das Quellgebiet der Treene, wurde auf 10 Quadratmeilen veranschlagt und angenommen, dass von 30 Zoll Regenhöhe dem Kanale 12 Zoll zugeführt werden. Darnach wird berechnet, dass das Speisewasser zum 22,700maligen Durchschleusen ausreichen würde. Die Kosten des Kanals mit seinen Schleusen, Brücken u. s. w., mit den Baggerarbeiten in der Schlei, den Bedeichungen u. s. w. wurden auf 10,560,000 Thlr. preuss. veranschlagt.

Dies sind die wichtigsten Bestimmungen des Kanal-Projectes Husum-Eckernförde. Es ist nicht zu läugnen, dass diese Linie einige grosse Vorzüge vor anderen Projecten hat. Besonders empfiehlt die Kürze des Kanals denselben; die eigentliche Kanalfahrt zwischen den günstig an den Endpunkten zusammengelegten Schleusen würde nur etwa 5 Meilen betragen, mithin bei guten Bugsireinrichtungen die Fahrt von Meer zu Meer in kürzester Zeit bewirkt werden können.

Die technischen Aufstellungen des Projectes werden aber nicht mehr als zutreffend anzusehen sein. Nach den Forderungen der heutigen Schifffahrt und mit Rücksicht darauf, dass der Kanal für die nach üblicher Bauart grössten Handels- und Kriegsschiffe passirbar sein muss, reichen die projectirten Dimensionen für den Kanal und für die Schleusen nicht aus. Nach genauen Ueberlegungen, die bei einem später zu erwähnenden Projecte stattgefunden haben, würde die Kanaltiefe etwa 25', die Breite in der Soole etwa 62', die Breite in der Wasserlinie etwa 160' rheinl. sein müssen und den Schleusenkammern wären Dimensionen von 380' Länge und 62' Breite zu geben. Bei diesen Dimensionen verdoppelt sich aber reichlich der für die Durchschleusung erforderliche Wasserbedarf, dessen Herbeischaffung aus dem Treenegebiet ohnehin schon zu günstig berechnet ist. Denn es fällt nicht 30'' Regen im Jahre und kommen schwerlich 12'' dieses Regens dem Kanale zu, sondern man wird, wie bei anderen Projecten berechnet wird, nur auf etwa 8'' für die Kanalspeisung rechnen können. Mit diesem Anschlage und den grösseren Schleusendimensionen werden dann aber nur 7- bis 8000 Durchschleusungen jährlich stattfinden können, was für den zu erwartenden Verkehr nicht ausreichend ist.

Diesem Umstande kann dadurch abgeholfen werden, dass das Kanalbett erheblich tiefer eingeschnitten wird, wodurch freilich ebenso wie durch die Vergrösserung der Kanaldimensionen die Kosten der Anlage weit den vorgelegten Anschlag des Projectes übersteigen werden. Indessen wäre dies nicht das Wesentlichste, da ein den Bedürfnissen völlig genügender Kanal noch bei einer Verdoppelung jenes Kostenanschlages, oder mehr, rentabel zu werden verspricht.

Der Haupteinwand dagegen, der gegen diese Linie zu erheben ist, und der in gleicher Weise alle an der Westküste nördlich der Elbmündung ausmündende Projecte trifft, ist die Beschaffenheit des westlichen Kanaleinganges. Die in der oben citirten Schrift vorgebrachten Gründe zu Gunsten der Hever, die Vergleichung ihres Fahrwassers, ihrer Rhede mit anderen vielbefahrenen, sogar mit der Themse, haben uns nicht überzeugen können und die Erfahrungen der preussischen Regierung bei den Bauten in der

Jahde bestärken uns in unserer Ueberzeugung. Wir halten alle im Gebiete der Wattenbildung liegenden Kanalmündungen für unzweckmässig und sind ausserdem der Ansicht, dass es für den Handelsverkehr des Kanals am vortheilhaftesten ist, den Eingang der befahrensten und bekanntesten Wasserstrasse, der Elbe, festzuhalten, da nun doch einmal keine Mündung des Kanals im Westen gefunden werden kann, die gegen die Elbe erhebliche Vorzüge darbietet.

Die westliche Kanalmündung nach Husum zu verlegen, würde uns nur dann unter Berücksichtigung der erwähnten Vorzüge dieser Linie überhaupt in Frage kommen zu können scheinen, wenn technische Untersuchungen ergeben sollten, dass die Wegräumung der quer vor der Hever liegenden Barre, die nur 20' Wasser bei mittlerem Wasserstande hat, möglich ist.

Gegen die östliche Mündung des Kanals wird erstlich die wenig bedeutende Einwendung zu machen sein, welche alle Mündungen westlich von Fehmarn trifft, dass nämlich der Schifffahrt der Weg zwischen Fehmarn und Laaland, Falster nicht erspart würde. Sonst hat Eckernförde mit dem Wiedebyer Noer allerdings ganz erhebliche Vorzüge als östliche Kanalmündung für Handelszwecke, auf welche wir bei den nächsten Hauptprojecten zurückkommen.

Dagegen ist ferner Eckernförde als Ausgangspunkt rücksichtlich der militärischen Zwecke nicht vorwurfsfrei, wie dies später ausgeführt werden wird. Kiel wird immer den Hauptkriegshafen bilden müssen. Wenn daher die Husum-Eckernförder Linie für den Kanal gewählt werden müsste, weil technische Schwierigkeiten sich der Durchführung einer anderen Linie widersetzten, so wäre es unserer Meinung unerlässlich, zugleich den Kieler und den Eckernförder Hafen durch einen Kanal, welcher ein reiner Durchstich sein könnte, zu verbinden. Es würden dann gewissermassen zwei Kanäle zu bauen sein; ein wesentlich dem Handel dienender Schifffahrtskanal Husum-Eckernförde und der Marinekanal Eckernförde-Kiel und es wäre nicht unmöglich, dass die Kosten dieser Kanalbauten, da die Hafenbauten und Befestigungsarbeiten mit berechnet werden müssen, sich noch vortheilhafter herausstellten, als auf einer anderen Linie.

IV.

5. Rectification der Eider, Vertiefung und Vergrösserung des Schleswig-Holsteinischen Kanals (Kiel-Tönning) (neuerdings aufgenommen von einer französischen Gesellschaft?).

6. Rectification des Schleswig-Holsteinischen Kanals und Fortführung desselben nach der Elbe.

(Kiel-Rendsburg-Kudensee-Brunsbüttel.)

7. Eckernförde-Büttel

mit Modification Eckernförde-Büsum.

(Project der Gebrüder Christensen 1848 und Modification von Jessen in den Itzehoer Nachrichten 1863.)

8. Kiel-Brunsbüttel.

(Karte für einen Kanal von der Elbe nach dem Kieler Hafen, projectirt im Winter 1849 von E. und H. Christensen; — die dazu gehörige Denkschrift und die Details, im Besitze des Ausschusses für die deutsche Flotte in Kiel sind nicht publicirt worden.)

9. Durchstich vom Kieler Hafen zur Schulen-Eider, Kanalanlage durch den Bordesholmer und Einfelder See nach der Stör und Rectification und Austiefung derselben:

Kiel-Störmündung.

(A. C. Gudme Bemerkungen über die projectirte Verbindung der Ostsee und der Niederelbe mittelst eines Barkenkanals. Schleswig 1820. — Reinke in den Hamburgischen Adress-Comtoir-Nachrichten 1818 Stück 69.)

Mit den östlichen Endpunkten Eckernförde oder Kiel sind eine Reihe von Kanalprojecten entworfen, über welche aber bisher nur spärliche Mittheilungen in die Oeffentlichkeit gekommen sind.

5. Kiel-Tönning.

Als die Idee einer Kanalverbindung zwischen Ostsee und Nordsee wieder aufgenommen wurde, lag es sehr nahe zu fragen, ob nicht der schon bestehende unter Christian VII. in den Jahren 1777 bis 85 erbaute Schleswig-Holsteinische Kanal den erhöhten Bedürfnissen der Schifffahrt entsprechend erweitert werden könne. So wurde denn auch, wenn wir nicht irren, in den öffentlichen Blättern im Jahre 1848 der Plan besprochen, die alte Kanalstrecke vom Kieler Hafen bis in die Ober-Eider auszutiefen und zu erweitern, die Eider selbst dann in ihrem Laufe zu rectificiren und ihr neues vertieftes Bett auf möglichst kurzem Wege nach Tönning als zur westlichen Mündung zu führen. Dieselbe Idee soll ganz neuerdings von einer französischen Gesellschaft wieder aufgenommen sein. Dieser Plan kann indessen unserer Meinung nach nicht weiter in Betracht kommen, schon wegen der Unbrauchbarkeit der westlichen Mündung, für welche noch viel mehr wie für die Hever gilt, dass in ihr ein für nautische und militärische Zwecke geeigneter Hafen nicht gewonnen werden kann.

Ausserdem aber waren die Techniker schon 1848 darin miteinander einig, dass eine Vertiefung und Erweiterung des alten Kanals *) besonders aber des Eiderflusses schwerlich mit geringern Kosten herzustellen sei als ein Neubau, bei welchem man alsdann noch die Wahl der vortheilhaftesten Richtung frei hatte.

6. Kiel-Rendsburg-Brunsbüttel.

Aus letzterem Grunde wird auch ein andres Project nicht näher erörtert zu werden brauchen, welches darauf ausging, den vorhandenen Schleswig-Holsteinischen Kanal bis zur Ober-Eider zu verbessern, von Rendsburg an aber einen neuen Kanal bis zur Elbe herzustellen; ein Project, dessen Ausführbarkeit zwar technische Untersuchungen nachgewiesen haben, welches aber später im Verhältniss zu zwei neuen, genauer untersuchten Linien: Eckernförde-Büttel und Kiel-Brunsbüttel für unvortheilhaft befunden wurde.

7. Eckernförde-Büttel.

Eine Kanallinie Eckernförde-Büttel, welche auf der angehängten Karte verzeichnet ist, mit zwei verschiedenen Endigungen auf der Seite bei Eckernförde war im Jahre 1848 von den Gebrüdern E. und H. Christensen projectirt worden. Der Lauf des Kanals ging von Büttel mit sanfter Curve nordwärts bis Grünthal, von hier aus im Wesentlichen dem Thale der Gieselau folgend bis Wittenbergen zur Eider und wieder dieser folgend Rends-

---

*) Derselbe gestattet in seinem jetzigen Zustande nur die Durchschleusung von Schiffen, welche ca. 8½′ Tiefgang, 92′ Länge und 24′ rheinl. M. Breite haben.

burg vorbei bis in die Ober-Eider. Von Schirnau an sind zwei östliche Richtungen projectirt. Die eine von Schirnau nach Bünsdorf durch den Wittensee in das Windebeyer Noer, die andere, noch der Ober-Eider bis Voorde folgend, nach dem Goos-See und beim Sandkruge in die Eckernförder Bucht fallend. Der Marinehafen sollte in der erweiterten Eider bei Rendsburg gebildet werden. Für den ganzen Lauf des Kanals waren 24′ Tiefe, 68′ Soolenbreite und 150′ Breite in der Wasserlinie projectirt. Die Schleusen 3fach gekuppelt am östlichen Ausgange, 1 Zwischenschleuse und 1 Schleuse am westlichen Ende sollten 250′ Länge und 50′ Breite erhalten. Die ganze Länge des Kanals würde etwa $11\frac{1}{2}$ Meile betragen haben. Die Bespeisung würde nach der vorsichtig berechneten Menge des Zuführungswassers für ca. 18,000 Durchschleusungen jährlich bei den angeführten Dimensionen der Schleusen zugereicht haben. Die Kosten waren auf etwa $11\frac{1}{2}$ Millionen preuss. Thaler veranschlagt. Auf dieses Kanalproject ist neuerdings wieder aufmerksam gemacht und eine Modification desselben empfohlen worden, wonach der östliche Theil bis Grünthal derselbe bleiben sollte, von dort aus aber eine Verlängerung über Delfbrücke durch das Mielthal über Warwerort nach Büsum vorgeschlagen wird.

Wir halten aus den früher angedeuteten Gründen diese Modification für unannehmbar, weder die Lage der Hafenmündung für Handelszwecke vortheilhaft, noch die Beschaffenheit des Gebiets der Wattbildung für fortificatorische Anlagen brauchbar.

Aber auch gegen die ursprüngliche Linie Eckernförde-Büttel werden manche gewichtige Bedenken zu erheben sein.

Erstlich sind auch hier die in dem früheren Projecte angenommenen Kanaldimensionen nicht mehr maassgebend, folglich werden die Kosten erheblich höher sein, und wird auch für die berechnete Zahl der Durchschleusungen bei grösseren Dimensionen die Bespeisung des Kanals nicht zureichen, mithin erscheint die Rentabilität des Kanals gefährdet. Diesem Umstande wird nun entweder durch ein tieferes Einschneiden des Kanals abzuhelfen sein, oder durch eine wohl ausführbare, wenn auch kostbare künstliche Füllung der Schleusenkammern durch Pumpwerke, sobald die natürliche Speisung nicht ausreicht. Hiermit würde vielleicht der Vortheil verbunden werden können, eine Schleusenkammer beim östlichen Eingange zu sparen.

Wenn hierdurch auch den Handelszwecken genügt werden könnte, so sind ferner gegen diese Linie wegen der Kriegsmarine erhebliche Bedenken zu erheben. Die Eider bei Rendsburg ist als Süsswasserreservoir für den Marinehafen nicht zu empfehlen. Das Windebeyer Noer als Brackwasserbassin ist, wenn diese Richtung des Kanals gewählt wird, auch nicht viel besser als Winter-Hafen für die Kriegsmarine, wenn auch dessen hoher Werth für Werftanlagen etc. nicht verkannt werden kann. Endlich ist auch die Aussen-Rhede bei Ostwind nicht sicher und müsste als Zufluchtsstätte und als Innen-Rhede das bei schlechtem Wetter durch die enge Einfahrt kaum sicher zu erreichende Windebeyer Noer gelten.

8. Brunsbüttel-Kiel.

Hierin sind zugleich die Gründe angedeutet, welche das für die eigentliche Kanalanlage sehr verwandte Project Brunsbüttel-Kiel vortheilhafter erscheinen lassen.

Die von dem Kieler Ausschusse für die deutsche Flotte im Jahre 1848-49 veranlasste technische Untersuchung, die mit allen Details durchgeführt worden ist, stellte als zweckmässigste Richtung die in der angehängten Karte eingetragene Linie fest: Kiel-Westensee-Bokelholm-Lütjenwistedt-Hanerau-Hohenhörn-Burg durch den Kudensee und zwischen Brunsbüttel und Büttel in die Elbe.

Die Wasserhaltung des Kanals (von der in den Cartons die Profile der schwierigsten Strecken zu sehen sind), die Dimensionen desselben und die Zahl der Schleusen ist dieselbe wie in dem vorigen Project, die Speisung insofern günstiger, als noch das wasserreiche Schwentinegebiet von ca 9 Quadratmeilen Fläche mit herangezogen werden kann, also eine grössere Frequenz des Kanals zu befriedigen ist. Der westliche Endpunkt ist derselbe, wie im vorigen Project, der östliche im Kieler Hafen dagegen unbedingt weit vorzüglicher, ja es darf behauptet werden, dass die Kosten für die fortificatorischen Arbeiten für den Kriegshafen· durch die Wahl dieses Ausgangspunktes auf ein Minimum herabgesetzt, also für den Kanalbau gewonnen werden.

An und für sich braucht freilich der Kriegshafen durchaus nicht mit der Kanalmündung zusammenzufallen, wenn diese nur von jenem aus völlig gedeckt und unter allen Umständen von den Kriegsschiffen erreicht werden kann. Wären diese Bedingungen zu erfüllen und daneben für Handelszwecke Eckernförde günstiger gelegen, so würde es thunlich sein, die Kanallinie Büttel-Eckernförde zu wählen, und den Kieler Hafen zum Kriegshafen zu machen. Diese Bedingungen dürften indessen schwerlich zutreffen. Ein besonderer Vorzug der Eckernförder Bucht für Handelszwecke würde kaum zu nennen sein, ausser dass, wenn dort kein Kriegshafen gebildet wird, das Windebyer Noer zu Werftanlagen, Waarenniederlagen etc. vorzüglich geeignet ist. Dies ist entschieden am Kieler Hafen weniger günstig, obwohl auch hier völlig genügender Raum vorhanden ist. Dagegen ist die Deckung einer Kanalmündung bei Eckernförde von Kiel aus, die gesicherte Communication der in Kiel zu stationirenden Flotte mit der Nordsee nicht möglich und müsste gradezu ein Kanalarm von dem Eckernförder Kanal zur Kieler Bucht hin gebaut werden.

Hierdurch werden sich die Kosten, die ohnehin schon grösser sein dürften, als bei der Husum-Eckernförder Richtung, erheblich steigern, so dass dem letztern Project mit dem Zweig-Kanal Eckernförde-Kiel der Vorzug einzuräumen wäre, sobald der Husumer Hafen genügend herzustellen ist.

Wäre dagegen auf eine vollkommen genügende Art der Herstellung des Husumer Hafens und dessen Einfahrt nicht zu rechnen, wie wir allerdings glauben, dass wenig Aussicht dazu vorhanden ist, so würde unserer Meinung nach wohl die Linie Büttel-Eckernförde mit dem Handelshafen Eckernförde, mit dem Durchstich Eckernförde-Kiel als Marinekanal und mit dem Kriegshafen Kiel Beachtung verdienen, sobald die genauen technischen Untersuchungen beweisen sollten, dass diese Combination eben so wohlfeil oder wohlfeiler als die directe Linie Brunsbüttel-Kiel.

Die Vorzüglichkeit des Kieler Hafens in nautischer und militairischer Rücksicht zu schildern, können wir füglich unterlassen, da sie hinreichend anerkannt ist. Es sind uns nur zwei Einwände bekannt, der eine, militairische, dass die Kieler Förde nicht den genügenden freien Meeresraum vor sich habe, um im Kriege die Flotte völlig in guter Segelordnung entwickeln zu können, der andere, nautische, dass von ihm aus die Gefahren der in die Ostsee und nach Osten gehenden Schifffahrt beim Durchgange zwischen Fehmarn und den dänischen Inseln nicht vermieden würden.

Der erstere, im Jahre 1848 erhobene Einwand wurde schon in der Denkschrift: „Der Kieler Hafen als künftiger deutscher Kriegshafen. Kiel 1848", mit gutem Grunde bekämpft. Seitdem aber ist derselbe durch die Einführung der Dampfkraft in der Marine gänzlich beseitigt, da eben Dampfschiffe zur Gewinnung eines bestimmten Courses nicht erst ins offene Meer zu gelangen brauchen.

Der zweite Einwand ist gegenüber den grossen Vorzügen des Kieler Hafens, offenbar geringfügig, zumal von eigentlicher Gefahr für die Schifffahrt nicht die Rede sein kann. Das Meer zwischen der Holsteinischen Küste und den Inseln ist erstlich verhältnissmässig still, namentlich bei den gefährlichsten West- und Südweststürmen. Dann aber beträgt die geringste auch für die grössten Kriegsschiffe noch fahrbare Breite zwischen Fehmarn und Laaland wenigstens 2 deutsche Meilen, welches doch wohl genügen dürfte, namentlich bei guten Leuchtfeuer-Anlagen, die Schifffahrt vollständig zu sichern.

In dem angehängten Carton geben wir eine Detailzeichnung des Kieler Hafens nach neuester Aufnahme, welche die durchgehends bedeutende Wassertiefe, die für Befestigungsanlagen vorzügliche Form und Umgebung und die für Marineetablissements völlig ausreichende Belegenheit an dem Ufer erkennen lässt. Es kann hinzugefügt werden, dass der Ankergrund überall vortrefflich ist und dass die Erfahrungen über die Dauer des Wintereises sehr befriedigend sind. Endlich ist auch die Bucht ausserhalb Friedrichsort zwischen Bülkhuck und der Nordspitze von Holstein eine sehr gute Aussenrhede.

Von den nördlichen Kanalprojecten halten wir daher das von Kiel nach Brunsbüttel unbedingt für das vorzüglichste.

Dabei darf nicht übersehen werden, dass das Project mit dem Mangel behaftet ist, dass es ohne Anlage mehrerer Schleusen nicht durchführbar sein dürfte. Sind indessen diese Schleusen an die Endpunkte zu verlegen, und sollte gar die Zwischenschleuse in der Gegend von Hohenhörn durch tieferes Einschneiden des Kanals zu vermeiden sein, so würde dieser Mangel eines Schleusenkanals durch die sonstigen Vorzüge desselben, selbst gegenüber einem Durchstiche, der jene Vorzüge nicht theilte, aufgewogen werden. —

9. Störmündung-Kiel.

Wir haben bisher eine andere schon viel früher vorgeschlagene Kanalverbindung zwischen dem Kieler Hafen und der Elbe nicht erwähnt. Indessen unterscheidet sich dieselbe auch gegen die von uns als besonders beachtenswerth empfohlene Kiel-Brunsbüttel im Wesentlichen nur durch die andere innere Richtung des Kanales und würde es daher ganz auf die hydrotechnischen Untersuchungen ankommen, ob es zweckmässiger wäre, die eben beschriebene oder die früher in Vorschlag gebrachte, sogleich zu erwähnende Richtung einzuhalten.

Der Kieler Magistrat scheint zu Anfang dieses Jahrhunderts zuerst der Regierung ein Kanalproject vorgelegt zu haben, welches mit Benutzung der Stör den Kieler Hafen und die Niederelbe verbinden sollte. Dasselbe Project ward später vom Kaufmann Raabe abermals in Anregung gebracht und sollen Vermessungen im Auftrage der Regierung durch den Major Christensen ausgeführt worden sein. Man dachte sich einen Durchstich vom inneren Ende des Kieler Hafens, von Dorfgaarden nach dem Gute Hammer am Schulensee, von dort sollte das Thal der Schulen-Eider und Eider bis zum Bordesholmer See verfolgt, dann durch Erweiterung der vorhandenen Verbindung der Einfelder See erreicht und endlich der Aalbeck folgend die Stör gewonnen werden. Hierbei wurde, wie man sieht, in der That dem natürlichen Verlaufe der Gewässer nachgegangen, und schien es nur geringer Nachhülfe zu bedürfen, um einen wenigstens für die kleine Schifffahrt ausreichenden Wasserweg zu gewinnen.

Da indessen der Major Christensen bei dem von ihm für den Flottenausschuss 1848/49 bearbeiteten Projecte: Kiel-Brunsbüttel, nicht wieder auf den früheren Plan zurückgekommen ist, so darf man vermuthen, dass seine früheren Untersuchungen ihm die Ueberzeugung gaben, dass die Richtung über den Einfelder See, die Herstellung eines für die grosse Schifffahrt geeigneten Kanals schwieriger würde erzielen lassen.

Allerdings ist auch die zu übersteigende Erhebung des Landes sehr beträchtlich, da der Spiegel des Einfelder See's, bei noch nicht 3 Meilen directer Entfernung vom Kieler Hafen 64' über dem mittleren Wasserstande in diesem liegt. Es würden daher auch wohl sehr grosse technische Schwierigkeiten zu überwinden sein, um ohne allzuviel Schleusen eine Durchfahrt zu erzielen. Sonst würde diese Richtung einen Vorzug haben, der sich auf der zweiten Linie zwischen Kiel und Elbe nicht ganz so vollständig wird erreichen lassen, nämlich die Wasserregulirung der Moordistricte Holsteins zu bewirken, ein Gegenstand der von Bedeutung auch für die Kanalanlage ist, weil der Nutzen desselben für die Verbesserung des Landes die Expropriation des Grundes und Bodens erleichtert.

V.

10. Alster-Trave.

(Project von Dr. Lorenzen und v. Justi. Ueber die Canalverbindung der Elbe und Ostsee mittelst der Alster und Trave. Hamburg, 1820. — Wieder aufgenommen von einer Brüsseler Gesellschaft 1854 und 1857.)

11. Brunsbüttel (St. Margarethen) - Haffkrug.

(C. Hansen, the great Holstein ship-Canal from Brunsbüttel to the Bay of Neustadt. Copenhagen 1860. 4°. — F. W. Conrad, Rapport sur le projet d'un canal de grande navigation enter la mer du nord et la mer baltique. La Haye 1863. 4°.)

12. Störort-Hemmelsdorfer See (Niendorf).

(Durchstich der holsteinischen Landenge zwischen Ostsee und Nordsee. Mit einer Karte. Schleswig 1863. 8°.)

Bei der Aufstellung der bisher angeführten Kanalprojecte war gleich ursprünglich auch auf die militairische Bedeutung des Kanals und seiner Endpunkte Rücksicht genommen worden.

Dagegen wurden von den oben genannten Plänen die beiden ersten rein unter dem Gesichtspunkte der Handelsinteressen aufgestellt, während nur der dritte diese unserer Meinung nach unzulässige Betrachtung vermeidet und die politischen und commerciellen Rücksichten zu verbinden sucht.

10. Alster-Trave.

Das älteste dieser Projecte, der Alster-Trave Kanal berücksichtigte die politische Seite nicht, weil 1820 an die Nothwendigkeit einer maritimen Machtentwicklung Deutschlands nicht gedacht wurde. Bei demselben neuerdings wieder aufgenommenen Projecte durfte diese Seite der Frage nicht berührt werden, wenn die Gesellschaft der Unternehmer sich Aussicht auf eine Zustimmung der dänischen Regierung machen wollte. Diese Zustimmung ward dennoch versagt, weil die dänische Regierung die Herrschaft über den Kanal nicht mit anderen Staaten theilen wollte. Uebrigens aber ist dieser Plan jetzt gar nicht mehr in Betracht zu ziehen, weil das Fahrwasser der Elbe oberhalb Glückstadt für die grosse Schifffahrt unbrauchbar ist und ein Alster-Trave-Kanal nur den beschränkten Nutzen eines kleinen Schifffahrtskanals bieten würde, weil endlich die Travemündung als Endhafen ebenfalls ganz ungeeignet ist.

In noch viel höherem Grade gilt dies von verschiedenen älteren Projecten, welche theils die Verbesserung des sehr alten Stecknitzkanals und der Trave, theils die Herstellung eines neuen Kanales mit Hinzuziehung der Lauenburgischen Seen und der Wakenitz bezweckten. Wir erwähnen diese Pläne nur, weil die bei Gelegenheit derselben angestellten Untersuchungen für die Beurtheilung des oben unter Nr. 12 angeführten Projectes mit in Betracht kommen.

11. Brunsbüttel-Haffkrug.

Anders steht es mit dem Hansen'schen Projecte, welches zwar auch nur unter dem Gesichtspunkte der Handelspolitik entworfen ist, aber vielleicht für die politischen Interessen geeignet modificirt werden kann, weil die ungünstigsten Punkte des Projectes wesentlich durch die von der dänischen Regierung vorgeschriebenen Bedingungen verursacht wurden.

Die oben citirte Schrift von Hansen behandelt im Wesentlichen nur die Vortheile, welche dem Handelsverkehre aus dem Kanale erwachsen werden; sie giebt ein gutes statistisches Material, welches für Voranschläge zu Rentabilitätsberechnungen sehr brauchbar ist und bei etwa vorzunehmender Begründung einer Actiengesellschaft für den Kanalbau nützliche Verwendung finden wird.

Die technische Seite der Frage ist nur kurz berührt. Hier aber ergänzt die Schrift von Conrad, welche eine Kritik der nicht publicirten technischen Untersuchung des Ingenieur Kröhnke ist, und aus welcher wir die Hauptdaten entnehmen.

Der gegen 14 Meilen lange, in die angehängte Karte eingezeichnete Kanal ist ein Schleusenkanal, und zwar hat er drei getrennte Schleusen auf der östlichen, drei auf der westlichen Seite, in denen die Schiffe auf die Höhe von 20' gehoben werden sollen, um in das höchste Niveau des Kanales zu gelangen. Eine siebente Schleuse bildet den Abschluss zur Elbe hin.

Von den verschiedenen Eingängen an der Elbe entscheidet sich die Schrift für den bei St. Margarethen und ist nun der Verlauf des Kanals folgender. Ueberschreitung der Stör (die durch einen Deich gegen die Elbe geschlossen werden soll) bei Neuenkirchen, von hier fast gradlinig nach Hingstheide (Schleuse) über Bramsted (Schleuse), nach Hegebuchenbusch (Schleuse), Heidmühlen, Gross-Rönnau, Warder, durch den Warder See, Gnissau, Sarau, Gisselrade, Steenrade (Schleuse), Pönitz (Schleuse), Cosebeck, (Schleuse an der Neustädter Bucht).

Für die Dimensionen des Kanals und der Schleusen wird als genügend angesehen:

Kanaltiefe ca.	25′ rheinl.
Kanalbreite in der Soole	62′ (Kröhnke 70′)
Kanalbreite in der Wasserlinie . .	160′ (Kröhnke 170′)
Länge der Schleuse	380′
Breite der Schleuse	62′

Neben den grossen Schleusen sollen kleinere von 31′ (Kröhnke 36′) Breite und 190′ Länge angelegt werden, um beim Durchschleusen kleinerer Schiffe zu dienen, zur Zeitersparniss sowohl, als um das Speisewasser zu schonen.

Die Bespeisung des Kanals aus dem Wardersee, dem Segebergersee, dem Klathsee, dem Seekamper-, Seedorfer- und endlich dem Plönersee (der durch einen kleinen offenen Kanal zur Bespeisung herangezogen werden soll) würde nach der Berechnung ausreichen, um jährlich 57,600 Schiffe durchzulassen, immer drei grosse auf zwei kleine gerechnet.

Den Kanal soll eine Eisenbahn begleiten, 5 innere und 2 äussere Häfen würden angelegt werden. Die Kosten der ganzen Anlage werden auf 175 Millionen Francs oder 46—47 Millionen Thaler preuss. veranschlagt. Diese Kosten würden sich dann bei Berücksichtigung der militairischen Interesse um den ganzen Betrag der Befestigungsarbeiten der Häfen vermehren.

Allerdings werden sich nun diese ganz enormen Kosten bedeutend verringern, und zugleich dem Kanale günstigere Niveauverhältnisse verschaffen lassen, nachdem die, den natürlichen Bodenverhältnissen ganz widersprechenden Bedingungen der dänischen Regierung, nicht weiter zu berücksichtigen sind. Nach diesen müsste sowohl der Kanal, als alle seine Nebenwerke, die Bespeisungskanäle u. s. w. auf Holsteinischem Territorium liegen.

12. Störort-Hemmelsdorfer See.

Die oben citirte interessante Schrift eines Ungenannten (Durchstich etc.) weist nun sehr richtig nach, wie in der gewählten, vorher angegebenen, Linie die technischen Schwierigkeiten unnöthigerweise gehäuft sind. Es wird dann eine andere Linie in Vorschlag gebracht, von welcher die Hoffnung ausgesprochen wird, dass auf ihr ein reiner Durchstich möglich sein werde.

Diese auf unserer Karte angegebene Linie sollte von Störort in möglichst grader Richtung nach Bramstedt führen, dann aber nach Süden biegend der Schmalfelder Au folgen, über Schmalfeld, Bentfurt, Bredenbekshorst, Sievershütten in das Travegebiet leiten, nämlich über Öhring und Idstedt an die Nord-Beste. Von hier aus sollte dann die Trave bei Oldesloe erreicht und dieser Fluss bis hinter Lübeck, so lange er seinen nördlichen Lauf behält, zum Kanal vertieft und umgestaltet werden. Von der Ecke an, wo die Trave nach Osten umbiegt, soll der Kanal dann in den Hemmelsdorfer See geführt und dieser durch einen kleinen Durchstich bei Niendorf mit der Ostsee verbunden werden.

Der Hemmelsdorfer See, über den in der Schrift nähere Angaben gemacht sind, wird als ein so vorzüglicher Ostseehafen geschildert, wie man ihn nur wünschen könne.

Dieser See hat eine Oberfläche von 2000 Morgen und zum Theil sehr erhebliche Tiefen, die auf einem Raume von 350 Morgen bis über 30′ gehen.

Nähere technische Untersuchungen über die ganze, in Vorschlag gebrachte Linie, deren Länge 15 bis 16 Meilen betragen würde, liegen nicht vor.

Unter diesen Umständen muss es dahingestellt bleiben, ob die Erwartung des Verfassers der Schrift erfüllt werden kann, hier eine Linie für einen Kanal mit nur zwei Abschlussschleusen zu gewinnen.

Diese Erwartung stützt sich vornehmlich darauf, dass in der Wasserscheide zwischen Störgebiet und Travegebiet ein Kanal nun wieder hergestellt werden solle, welcher ja schon in alten Zeiten bestanden habe, der alte im Jahre 1525 angelegte Alsterkanal. Es muss indessen bemerkt werden, dass es sehr problematisch ist, ob dieser Kanal jemals befahren worden, ob er nicht vielmehr eine verfehlte Anlage geblieben ist.*) Jedenfalls ist die zu überwindende Erhebung des Landes eine sehr bedeutende. Das Sülfelder Moor liegt 31' höher als die Beste bei Sülfeld, und die Beste hat bis Oldesloe 8' Fall, die Trave bei Oldesloe endlich würde nach Kröhnke mindestens 13' über Ostseespiegel liegen, so dass bei einer Kanaltiefe von 25' mindestens ein Durchstich von 77' gemacht werden müsste.

Bedenken gegen die Ausführbarkeit eines Kanales überhaupt in dieser Gegend, erregt auch der Umstand, dass Anfangs dieses Jahrhunderts sich französische Ingenieure, welche im Auftrage Napoleon's eine Kanalverbindung zwischen Elbe und Ostsee aufzusuchen hatten, die Herstellung der Alster-Trave-Verbindung für unthunlich erklärten und eine Verbesserung des Stecknitzkanals empfahlen, zu welcher die ganze technische Vorarbeit beendet war und deren Ausführung nur durch den Sturz Napoleons verhindert ward. **)

Es würde daher einer neuen Untersuchung bedürfen, um die Möglichkeit eines Durchstiches zwischen Stör- und Travegebiet zu beweisen. Selbst aber, wenn dieser Beweis geführt werden könnte, würden unserer Meinung nach der projectirten Linie erhebliche Mängel anhaften.

Erstlich wird der Bau der Linie schon ihrer Länge wegen sehr kostbar sein. Diese Kosten werden dann aber noch gesteigert durch den Umstand, dass der östliche Hafen erst völlig geschaffen werden muss.

Denn das schöne Wasserbassin des Hemmelsdorfer Sees kann mit seinem Süsswasser höchstens als ein guter Binnenhafen betrachtet werden, zumal er eine schlechte Rhede vor sich hat, und von dieser nur durch den künstlichen schmalen Durchstich erreicht werden kann. Es wiederholte sich also hier das Verhältniss, wie wir es bei Eckernförde sahen, nur noch viel ungünstiger, da das Windebyer Noer bei gleicher Geräumigkeit von gleichmässigerer Tiefe, als der Hemmelsdorfer See ist, die Eckernförder Bucht doch noch eine geschütztere Rhede darbietet, als die Neustädter Bucht, be-

---

*) s. Gudme. Ist der Oldesloer Kanal zu berücksichtigen? nebst zwei Anhängen. Schleswig 1821. 8°. — Derselbe. Bemerkungen gegen die Schrift des Herrn Dr. und Ritter Lorenzen zu Oldesloe. Schleswig. 1828. 8°.

**) s. Behrens Topographie des Stecknitzkanals. Hamburg 1819.

sonders aber, weil jene guten Ankergrund bietet, in der neustädter Bucht
dagegen grossentheils so schlechter Grund ist, dass die Schiffe vor Anker
treiben. Die unzweifelhaft sehr hohen Kosten eines äussern Hafenbaus und
der Befestigungsarbeiten kommen daher zu den Kanalkosten hinzu, und bei
alledem wird weder in nautischer, noch in militairischer Rücksicht ein so
günstiges Resultat für den östlichen Ausgangshafen erzielt werden, wie es
besonders bei Kiel mit geringen Kosten der Fall ist.

Wenn indessen auf eine südliche Linie zurückgegangen werden
müsste, so würde sich besser wie die Hansen'sche jedenfalls die zuletzt beschriebene von Störort oder St. Margarethen nach Bramstedt, Oldesloe und
dem Hemmelsdorfer See empfehlen.

Eine genaue technische Untersuchung und Kostenberechnung wird
aber erst ermessen lassen, ob es überhaupt rathsam ist, diesen Kanal, oder
im günstigen Falle, Durchstich im Süden auszuführen oder jenen Brunsbüt-
tel-Kieler Schleusenkanal im Norden Holsteins oder Büttel-Eckernförde-Kiel
oder endlich Husum-Eckernförde-Kiel zu wählen.

Wir würden, da wir auf die politische Bedeutung der Kanalanlage ein
eben so grosses Gewicht wie auf die commercielle legen, geneigt sein, die
vier Linien, die uns der Aufmerksamkeit vorzüglich werth zu sein scheinen,
so zu ordnen, dass wir dem Project Kiel-Brunsbüttel, wenn es technisch
durchführbar ist, den Vorzug einräumten und erst, wenn sich hier unüber-
windliche Schwierigkeiten zeigen sollten, auf die Linien Büttel-Eckernförde,
allenfalls Husum-Eckernförde beide mit dem Hülfskanal Eckernförde-Kiel und
auf die Linie St. Margarethen oder Störort-Bramstedt-Oldesloe-Neustädter-
Bucht, reflectiren würden.

VI.

Es ist nicht unsere Absicht, die hohe Bedeutung des zu erbauenden
Kanals für den Handel durch statistische Mittheilungen ausführlich zu bele-
gen oder zu beweisen, worin die Wichtigkeit des Kanals für die politische
Machtgestaltung Deutschlands begründet ist. Ueber den ersteren Punkt finden sich sehr gute Nachrichten in den früher citirten Schriften, namentlich
bei Hansen und in der Schleswiger Broschüre a. d. Jahre 1863.

Die kleine beigefügte Uebersichtskarte, auf welcher die vorher hervorgehobenen Kanalrichtungen angedeutet sind, zeigt auf einen Blick, welche Abkürzung die Schifffahrt zwischen den beiden Meeren, der Ost- und Nordsee, vermittelst eines dieser Kanäle erhalten und welche gefährliche Schifffahrtsregion vermieden würde.

Ueber die politische Bedeutung des Kanals finden sich ebenfalls in verschiedenen der oben citirten Schriften, namentlich aus dem Jahre 1848 vielfache genaue Ausführungen.

Verzichten wir also auf weitläuftigere Bemerkungen über diese Punkte, so scheint es uns doch in diesen kurzen Erörterungen, die wir an unsere Landsleute richten, um ihre Theilnahme einem grossen vaterländischen Unternehmen zuzuwenden, am Platze zu sein, wenigstens andeutungsweise zu zeigen, dass das grossartige Werk, welches wir schaffen müssen, keineswegs über unsre, d. h. Deutschlands Kräfte geht, sondern sogar ein in jeder Hinsicht fruchtbares Unternehmen zu werden verspricht. Ferner wird, da der Kanal den politischen Interessen ebensowohl, wie den volkswirthschaftlichen dienen soll, die Frage aufzuwerfen sein, wie in der Betheiligung des Staates und der Privaten bei der Ausführung des Baues und bei der Ueberwachung des vollendeten Werkes, diesen beiden verschiedenen Interessen Rechnung getragen werden soll. Mit der Besprechung dieser beiden Punkte wollen wir uns hier schliesslich beschäftigen.

Das Interesse des Handels soll den Kanal wenigstens für den grössten Theil der aufzuwendenden Kosten rentabel machen. Dies Interesse ist am deutlichsten ausgesprochen durch die Zahl der zwischen Nordsee und Ostsee fahrenden Schiffe, durch die Seegefahr, welche sie bei den jetzigen Wegen laufen und durch die Zeiten, welche sie zu den Fahrten brauchen. Vollständig giebt eine statistische Aufstellung der Zahlen für diese drei Grössen aber keine Auskunft über die zu erwartenden Vortheile, weil ein neuer besserer Seeweg sich selbst erst seine Frequenz schafft, die Lebhaftigkeit des Handels durch ihn eine ungewöhnliche Steigerung erfahren wird, zumal wenn die Aussicht vorhanden ist, dass mit der Eröffnung des Kanals zusammentreffen wird die Eröffnung eines grossen neuen Handelsgebietes, des russischen, durch Uebergang Russlands zu einer liberaleren Handelspolitik.

Legt man aber auch nur den Maassstab des bisherigen Verkehrs an, so ergiebt sich daraus, dass für einen Kanal, der den Schiffsverkehr des

Sundes durch seine günstigen Bedingungen grossentheils an sich ziehen kann, sehr bedeutende Einnahmen gesichert sind.

In der Hansen'schen Schrift sind nun, wie schon erwähnt, gute Daten zu finden, um diejenige Schiffszahl und Güterbewegung veranschlagen zu können, auf welche man für den Kanal rechnen kann. Es wird keine übertriebene Annahme sein, wenn man die zu erwartende jährliche Passage auf 20,000 Handels-Schiffe setzt, die mit ihrer Ladung einen Assecuranzwerth von mindestens 500 Millionen preuss. Thalern repräsentiren.

Von diesem Werthe kann nun eine Kanal-Abgabe erhoben werden, welche den Schiffseignern und Frachtinhabern noch Vortheil gewährt, weil die Assecuranzprämie bei der Schifffahrt durch den Kanal erheblich kleiner sein wird, als bei der gefährlichen Fahrt um die cimbrische Halbinsel. Die Ersparniss in der Assecuranzprämie ist auf gegen 1 pCt. angeschlagen worden, und wäre daher eine Kanalabgabe von $\frac{1}{4}$ bis $\frac{3}{4}$ pCt. des Schiffs- und Ladungswerthes um so billiger, als aus der Kanalschifffahrt ausserdem dem Rheder eine grosse Zeitersparniss erwächst. Nehmen wir $\frac{1}{2}$ pCt., so würde die Kanalabgabe eine Einnahme von $2\frac{1}{2}$ Millionen Thalern liefern. Betriebsausgaben und Unterhaltungskosten des Kanals, die je nach der Beschaffenheit desselben sehr verschieden ausfallen werden, mit 20 pCt. bis höchstens 40 pCt. der Bruttoeinnahme berechnet würde, die restbleibende Nettoeinnahme die Verzinsung zu 5 pCt. eines Capitals von 30 bis 40 Millionen Thaler preussisch darstellen.

Eine Privatgesellschaft, welche bis zur Höhe dieser Capitalanlage bei dem Unternehmen betheiligt würde, könnte hiernach um so mehr auf gute Zinsen rechnen, als, wie vorher erwähnt, eine starke Zunahme der Kanalfrequenz zu erwarten ist, und ausserdem der Staat, wenn er nicht nöthig hätte, über den Betrag jener Kapitalanlage hinaus für den Kanalbau einen Zuschuss zu leisten, sich also selbst pecuniär zu betheiligen, dann auch eine Kanalabgabe für die zu militairischen Zwecken durch den Kanal geführten Schiffe leisten müsste, d. h. die Frequenz des Kanals zu Gunsten der Kanalbau-Gesellschaft vermehren würde. Unter allen Umständen würde es aber wegen des zwiefachen Zweckes des Kanals geboten und gerechtfertigt sein, wenn einer Privatgesellschaft, die den Kanalbau auf einer vom Staate als ausführbar erkannten und seinen Zwecken am vollständigsten entsprechenden Linie übernimmt, für eine längere Reihe von Jahren nach Eröffnung des Kanales ein Minimalertrag von etwa 4 pCt. garantirt würde.

Der Bau des Kanales und seiner Hafenanlagen, soweit derselbe für die commerciellen Zwecke dienen soll, wird aber ferner auseinander gehalten werden müssen von denjenigen Arbeiten, die im politischen Interesse auszuführen sind; diese letzteren sind Sache des Staates und können nicht einer Actiengesellschaft aufgelegt werden. Freilich wird sich dies in aller Strenge nicht begränzen lassen, da die nautischen Einrichtungen in der Handels und Kriegsmarine vielfach zusammentreffen. Indessen brauchen die Verpflichtungen der Gesellschaft für den Umfang und die Unterhaltung der Kanal-Anlagen auch nur bei der Concessionsertheilung genau festgestellt zu werden, um den Capitalisten, dessen Betheiligung man wünschen muss, dagegen zu sichern, dass er nicht künftig zu unproductiven Ausgaben herangezogen werden könne.

Kann nun unter solchen Verhältnissen dem Capitalbesitz eine kleine sichere, wahrscheinlich aber sogar eine gute Rente in Aussicht gestellt werden, so wird die Aufbringung der Geldmittel, welche für den Kanal als Handelskanal erforderlich sind und sobald sie nicht die Summe von 30 bis 40 Millionen Thaler preuss. überschreiten, keine Schwierigkeiten darbieten.

Der zweite Theil der Kosten, durch die politischen Zwecke des Kanals veranlasst, wird unserer Meinung nach durch Staatsbeiträge in Deutschland aufzubringen sein, wobei aber wegen der Höhe der Beiträge eine billige Rücksicht darauf zu nehmen ist, welche Staaten von dem Kanale vorzüglich Vortheil haben und folglich auch stärkere Beiträge liefern könnten.

Es könnte z. B. so gehalten werden, dass für die Fortificationsarbeiten die Kosten eben so, wie für den Bau der Bundesfestungen gleichmässig im deutschen Bunde repartirt würden, grössere Hafenarbeiten dagegen, welche, wie wir vorher zeigten, der privaten Baugesellschaft nicht sämmtlich übertragen werden sollten, von den vorzugsweise beim Seehandel interessirten Staaten auszuführen wären, welche wohl auch in stärkerem Verhältnisse zu den eigentlichen Ausgaben der zu schaffenden deutschen Kriegsmarine, dem Schutze des Seehandels, beizutragen verpflichtet sein würden.

Die verhältnissmässig stärkste Besteuerung für diese Zwecke würde Schleswig-Holstein zu tragen haben, weil demselben durch die Kanalanlage die allergrössten materiellen Vortheile zugewendet werden.

Demnächst würden Preussen, Mecklenburg und Lübeck besonders interessirt sein, deren Ostseehäfen eine viel höhere Bedeutung erhalten, die durch den Kanal in den Stand gesetzt werden, mit den Nordseehäfen in Concurrenz zu treten *). In dritter Reihe würden die deutschen Nordseestaaten stehen, denen der Kanal jedenfalls einen lebhaften Handelsaufschwung und denen die endliche energische Gründung einer Kriegsmarine Sicherheit des Handels bringt.

Ausserdem kann einzelnen von ihnen je nach der Richtung, welche der Kanal erhält, noch der directe Vortheil eines verbesserten Fahrwassers geboten werden, z. B. für Hamburg wenn die Elbe die westliche Kanalmündung aufnimmt.

Es würde uns so nicht unbillig erscheinen, wenn die am wenigsten interessirten deutschen Küstenstaaten zu den erwähnten Ausgaben ein simplum, die stärker interessirten zwei simpla und Schleswig-Holstein drei bis vier simpla nach Kopfzahl beizusteuern hätten.

Eine Repartition der Kosten des Kanals für militairich - politische Zwecke, in der angegebenen Weise vorgenommen, wird den deutschen Staaten keine drückende Belastung auferlegen, und scheint uns daher der Kostenpunkt überhaupt keinen Schwierigkeiten zu unterliegen.

Da wir in der Durchführung des Kanalprojectes eine für die deutsche Machtstellung hochwichtige Maasregel erkennen, so werden wir es auch für nothwendig halten müssen, dass die zu schaffende Anlage in ihrer technischen Unterhaltung unter dauernder Ueberwachung des Staates steht.

Allerdings ist es nicht mehr wie billig, dass, wenn private Mittel ein industrielles Werk in's Leben rufen, auch den Privaten des Werkes Führung überlassen werde, von der die Rente des aufgewendeten Capitals wesentlich abhängig ist. Auf der andern Seite kann der Staat es den Privaten nicht

*) Die Vortheile, welche den seefahrenden Staaten durch die Kanalschifffahrt entstehen müssen, namentlich wegen der grossen Abkürzung der Schifffahrt, sind in der Hansen'schen Schrift und der Schleswiger Broschüre sehr gut erörtert. Für die Fahrt von Nordsee- zu Ostseehäfen wird je nach der Lage der Häfen ein Zeitgewinn von 1½ Tag für Dampfschiffe, von 1 Woche und mehr für Segelschiffe entstehen. Nicht gering ist ferner anzuschlagen, dass die Kanalschifffahrt viele Menschenleben erhalten wird, welche bei der gefahrvollen Schifffahrt um Jütland und durch den Sund jährlich verloren gingen; durchschnittlich scheiterten in den 3 Jahren 1857—59 an der dänischen Küste jährlich 100 Schiffe und verloren mehr als 100 Menschen ihr Leben.

überlassen, ein solches Werk, von dessen jederzeit vollkommener Instand-
haltung die Existenz des Staates abhängig sein kann, allein zu verwalten.
So erwünscht es daher ist, dass den Privaten, die ihr Geld dem Kanalbau
zuwenden sollen, möglichst liberale Bedingungen gestellt werden, insonder-
heit die Last eines Durchgangzolles bei der Kanalschifffahrt nicht aufgelegt
und die Selbstverwaltung so wenig als möglich gehindert werde, so nothwendig ist es auch, dass eine staatliche Oberaufsicht in genau bestimmter
Weise festgestellt wird. Diese Verhältnisse würden sich übrigens leicht re-
geln lassen, weil in ganz ähnlicher Weise die Oberaufsicht des Staates schon
bei anderen für das Gemeinwohl wichtigen, aus Privatmitteln begründeten
Anstalten besteht, wie z. B. bei den Eisenbahnen.

Endlich wäre in Ueberlegung zu nehmen, wie die politisch-militäri-
sche Betheiligung Deutschlands geregelt werden solle.

Wir unterlassen es indessen, bei der gegenwärtigen politischen Sach-
lage unsere Ideen über diesen Punkt auszusprechen und behalten es uns
vor, hierauf ausführlicher einzugehen, wenn erst über die Herstellung des
Kanals Bestimmteres vorliegt und wir genauer wissen, mit welchen politischen
Factoren wir zu rechnen haben.

Mai 1864.

— ar —

Druck von C. F. Mohr in Kiel.

ER PROJECTIRTER CANAL-LINIEN,

NE DES KIELER-HAFEN'S,

ER PROJECTIRTER CANAL-LINIEN,